DEMCO

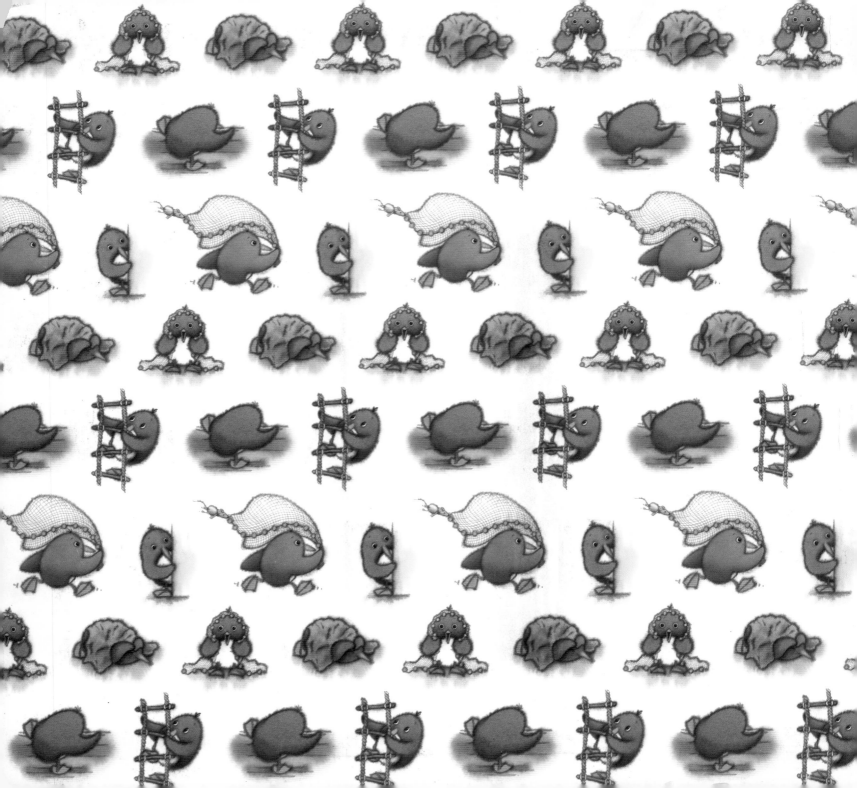

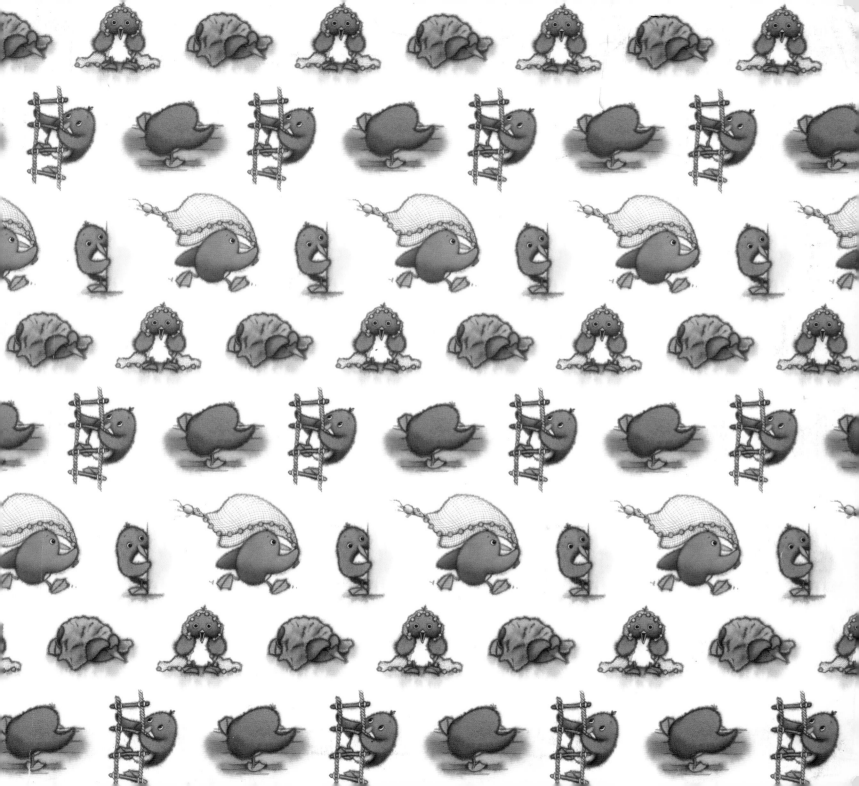

A Nina Catharina

First Spanish language edition published in the United States in 1998
by Ediciones Norte-Sur, an imprint of Nord-Sud Verlag AG, Gossau Zürich, Switzerland.

Library of Congress Cataloging-in-Publication Data is available.

ISBN 1-55858-920-1 (Spanish paperback)
1 3 5 7 9 PB 10 8 6 4 2
ISBN 1-55858-919-8 (Spanish hardcover)
1 3 5 7 9 PB l0 8 6 4 2

Printed in Belgium

Si desea más información sobre este libro o sobre otras publicaciones
de Ediciones Norte-Sur, visite nuestra página en el World Wide Web:
http://www.northsouth.com

El pingüino Pedro, aprendiz de marinero

Escrito e ilustrado por Marcus Pfister

Traducido por Elena Moro

Ediciones Norte-Sur / New York

El pingüino Pedro se despertó una soleada mañana
y se dijo: —Hoy es un magnífico día para salir en busca
de aventuras.

Sin pensarlo dos veces, se tiró al mar y nadó rápidamente.
Cuando pasó junto a sus amigos los peces, les dijo:

—Lo siento, pero hoy no puedo jugar con ustedes.
Tengo algo muy importante que hacer.

Pedro no tardó mucho en encontrar la aventura que tanto
buscaba. En un rincón de la bahía descubrió un viejo barco.
El casco estaba agujereado y las velas rasgadas ondeaban al
viento.

Como no parecía haber nadie en el barco, Pedro subió
a bordo.

—¡Qué desastre! —exclamó al ver la cantidad de cajas, barriles, cuerdas y maderas tiradas sobre la cubierta.

Pero de pronto, al oír un leve crujido Pedro se asustó. El crujido parecía venir de un viejo saco. Pedro se acercó con cautela y lo levantó de golpe.

Debajo del saco vio a un pequeño ratón gris temblando
de miedo.

—Hola —saludó Pedro—. Perdona si te asusté. Yo también
estaba un poco asustado. Pensé que no había nadie en
el barco.

—Yo soy el único a bordo —dijo el pequeño ratón—.
Y no creas que me asusté.

El ratón se paró y se presentó con cortesía:

—Me llamo Horacio. ¡Bienvenido a bordo!

—Encantado de conocerte, Horacio. Yo soy el pingüino
Pedro. ¿Quieres ser mi amigo?

—Claro que sí —dijo Horacio—. Ven conmigo y te
mostraré el barco.

La bodega del barco fue lo que más le gustó a Pedro. Allí había cajas y envases abiertos. Pedro nunca había visto tantas cosas ricas para comer.

—¿Y todo esto es tuyo? —preguntó Pedro relamiéndose el pico.

—Así es —contestó Horacio con orgullo—. ¡Come lo que quieras!

Finalmente, cuando Pedro ya no pudo comer más, le dijo a Horacio que volvieran a cubierta.

Pedro corrió a cubierta y encontró una red de pesca para jugar. La lanzó al aire, la usó para hacer volar a su amigo y también se vistió con ella... hasta que de repente descubrió que estaba atrapado en la red. Cuanto más trataba de liberarse, más se enredaba.

—¡No te preocupes! —dijo Horacio—. Yo soy un experto en redes. Ya te sacaré de allí.

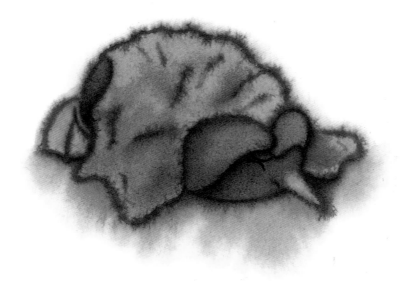

Después Horacio propuso jugar a las escondidas. Pedro intentó hacerlo lo mejor posible, pero la verdad era que no sabía esconderse muy bien. El ratón conocía todos los rincones del barco y siempre encontraba a Pedro en seguida.

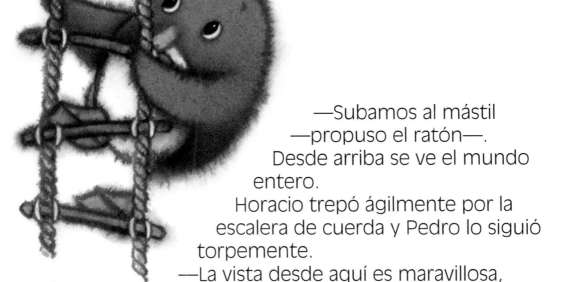

—Subamos al mástil —propuso el ratón—. Desde arriba se ve el mundo entero.

Horacio trepó ágilmente por la escalera de cuerda y Pedro lo siguió torpemente.

—La vista desde aquí es maravillosa, ¿no te parece? —comentó Horacio.

—Sí —contestó Pedro—. Pero no me gusta estar tan arriba, me siento mareado.

—Es por el movimiento del barco —dijo Horacio con sabiduría.

—Creo que me sentiría mejor en el mar —respondió Pedro—. ¿Por qué no vamos a nadar?

—¿A nadar? —preguntó nervioso el ratón—. Tengo una idea mejor. Yo iré en el bote salvavidas que todavía parece seguro y tú me empujas.

Pedro bajó el bote al agua con mucho cuidado y empezó a empujar. De repente, Horacio lanzó un chillido.

—¡Ayúdame! —dijo—. ¡Me estoy mojando los pies!

Y efectivamente, el agua entraba por un agujero en el fondo del bote.

—¡Todos al agua! —gritó Pedro.

—¡No sé nadar! —exclamó el pequeño ratón.

—¡Yo te salvaré! —dijo Pedro, y en seguida sacó a Horacio del bote que empezaba a hundirse.

—Súbete a mi espalda —dijo Pedro—. Allí estarás a salvo.

De esta manera, Pedro llevó a su pequeño amigo de vuelta al barco y lo cubrió con una manta. El ratón todavía temblaba de miedo.

—Creo que a partir de ahora me quedaré siempre en el barco —dijo—. Pero espero que vengas otra vez a visitarme.

—Por supuesto que volveré —contestó Pedro mientras se zambullía en el mar.

Horacio corrió hacia la barandilla del barco
para despedirse de su amigo.

—¡Adiós, Pedro! —saludó el ratón.

—¡Hasta pronto, marinero! —contestó Pedro
chapoteando en el agua—. ¡La próxima vez que
venga te enseñaré a nadar!

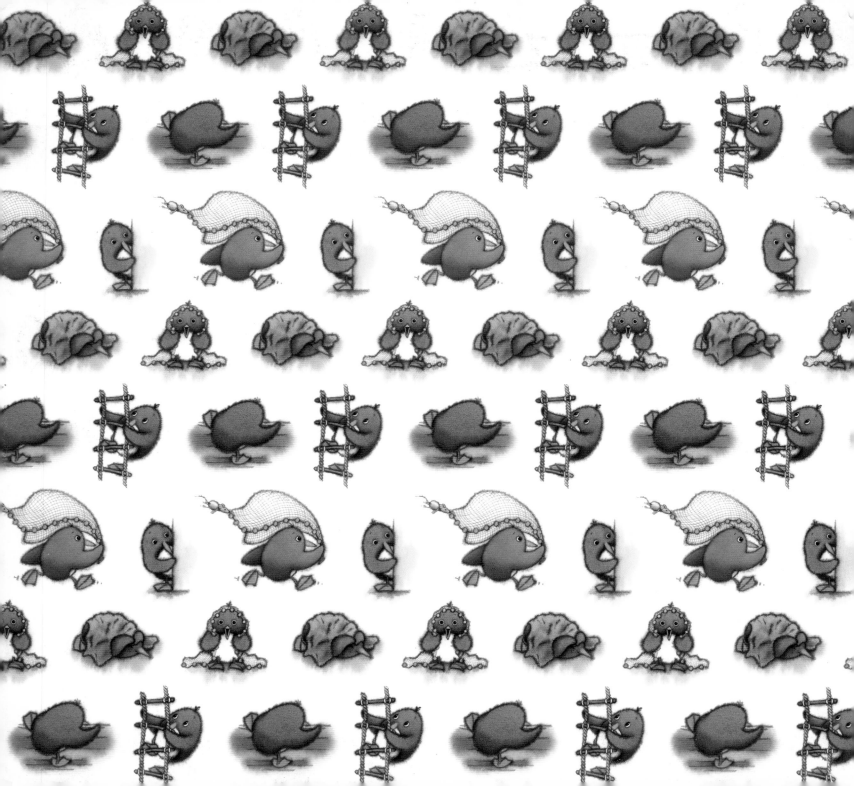

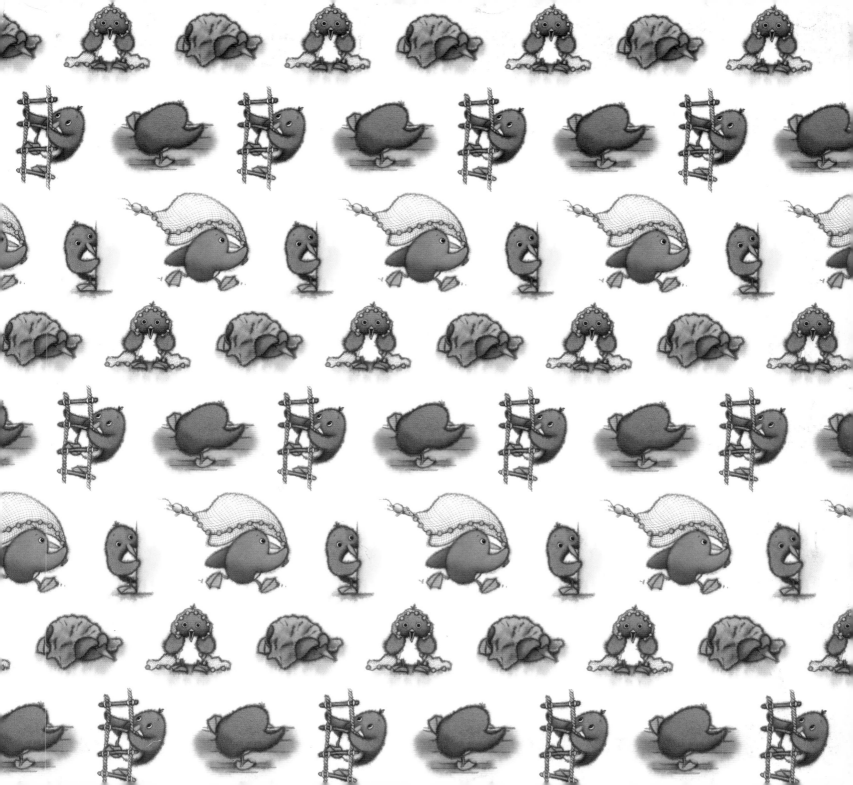